BILAL

ERINNERUNGEN AUS DEM ALL

KURZGESCHICHTEN 1974/1977

EHAPA COMIC COLLECTION
Postfach 10 12 45, 7000 Stuttgart 10
Übersetzung aus dem Französischen: Resel Rebiersch
Chefredaktion: Michael Walz
Verantwortlicher Redakteur: Andreas Boerschel
Lettering: Kordula Botta
Gestaltung: Wolfgang Berger
Originaltitel: «Mémoires d'outre espace»
© HUMANO S.A.
© EHAPA VERLAG GMBH, Stuttgart 1992
Druck und Verarbeitung:
Lesaffre Tournai Belgique
ISBN 3-7704-0885-3

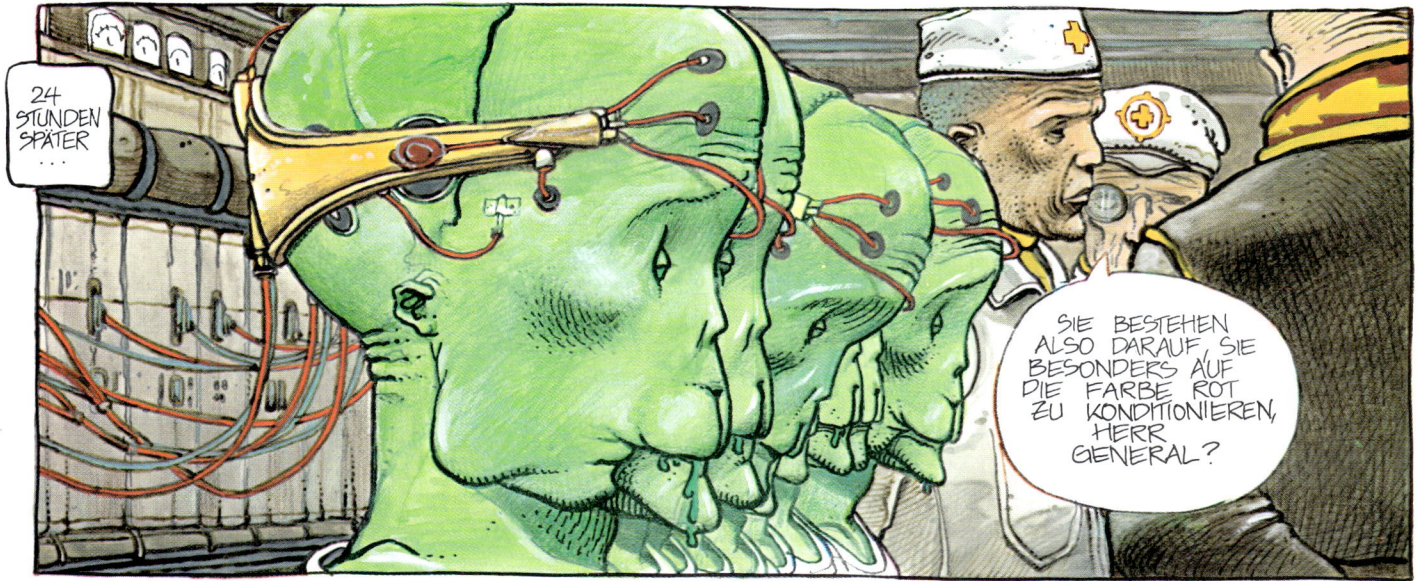

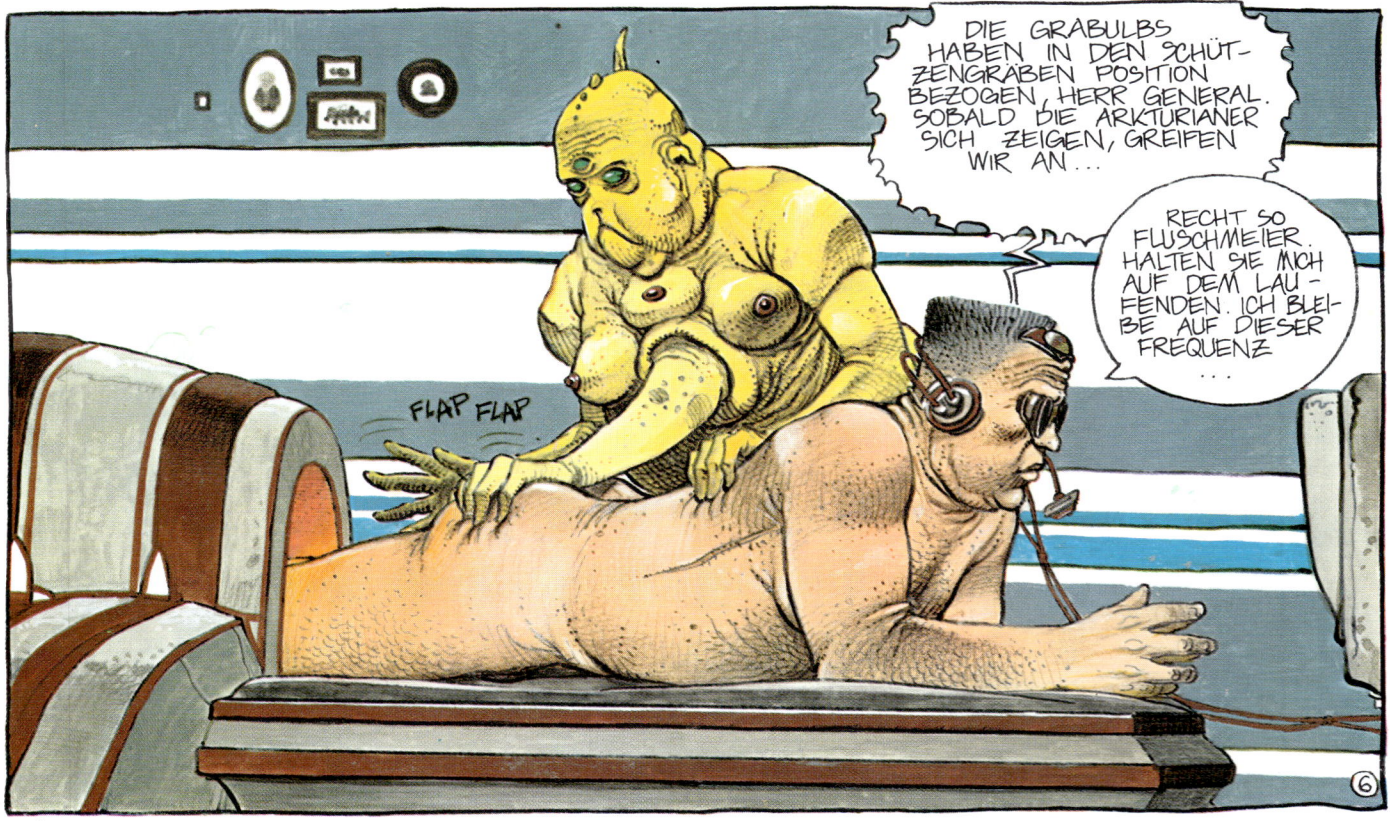

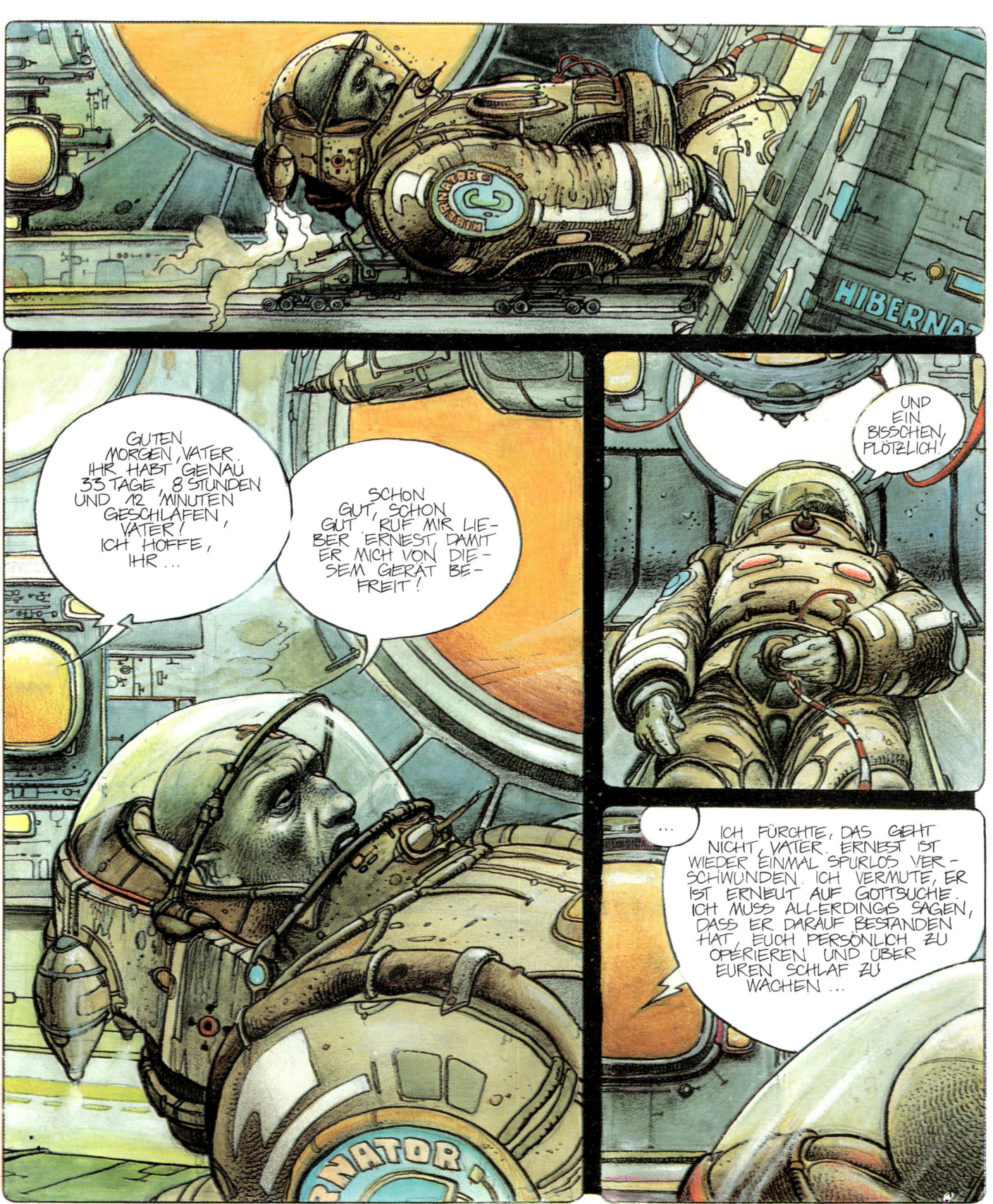

IN DEN LETZTEN JAHRZEHNTEN HATTEN SICH DIE BEZIEHUNGEN ZWISCHEN TERRANERN UND GLOOBS BESORGNISERREGEND VERSCHLECHTERT. DIE BEIDEN ERSTEN TERRANISCHEN ABORDNUNGEN DES IFC (INTERGALAKTISCHES FRIEDENSCORPS), DIE MAN ZUM PLANETEN GLOOB ENTSANDT HATTE, WAREN AUF UNERKLÄRLICHE WEISE VERSCHWUNDEN. DIE GLOOBS SCHIENEN DABEI ÜBER JEDEN VERDACHT ERHABEN, DENN ÜBER DIE ALLBEKANNTE GUTARTIGKEIT IHRER RASSE HINAUS HATTEN SIE DEN WILLEN ZUR AUSSÖHNUNG BEWIESEN, INDEM SIE EINE DRITTE, ULTIMATIVE VERHANDLUNG VORSCHLUGEN (DAHER DER TITEL DIESER GESCHICHTE).
DIE TERRANER HATTEN IM BEWUSSTSEIN DER BEDEUTUNG DIESER ANGELEGENHEIT BESCHLOSSEN, ZWEI DER WICHTIGSTEN OBERBEFEHLSHABER IHRER RAUMTRUPPEN ZU DEM ENTFERNTEN PLANETEN GLOOB ZU SCHICKEN. EIN HOHER WÜRDENTRÄGER DER TERRESTRISCHEN POLITIK BEGLEITETE SIE...

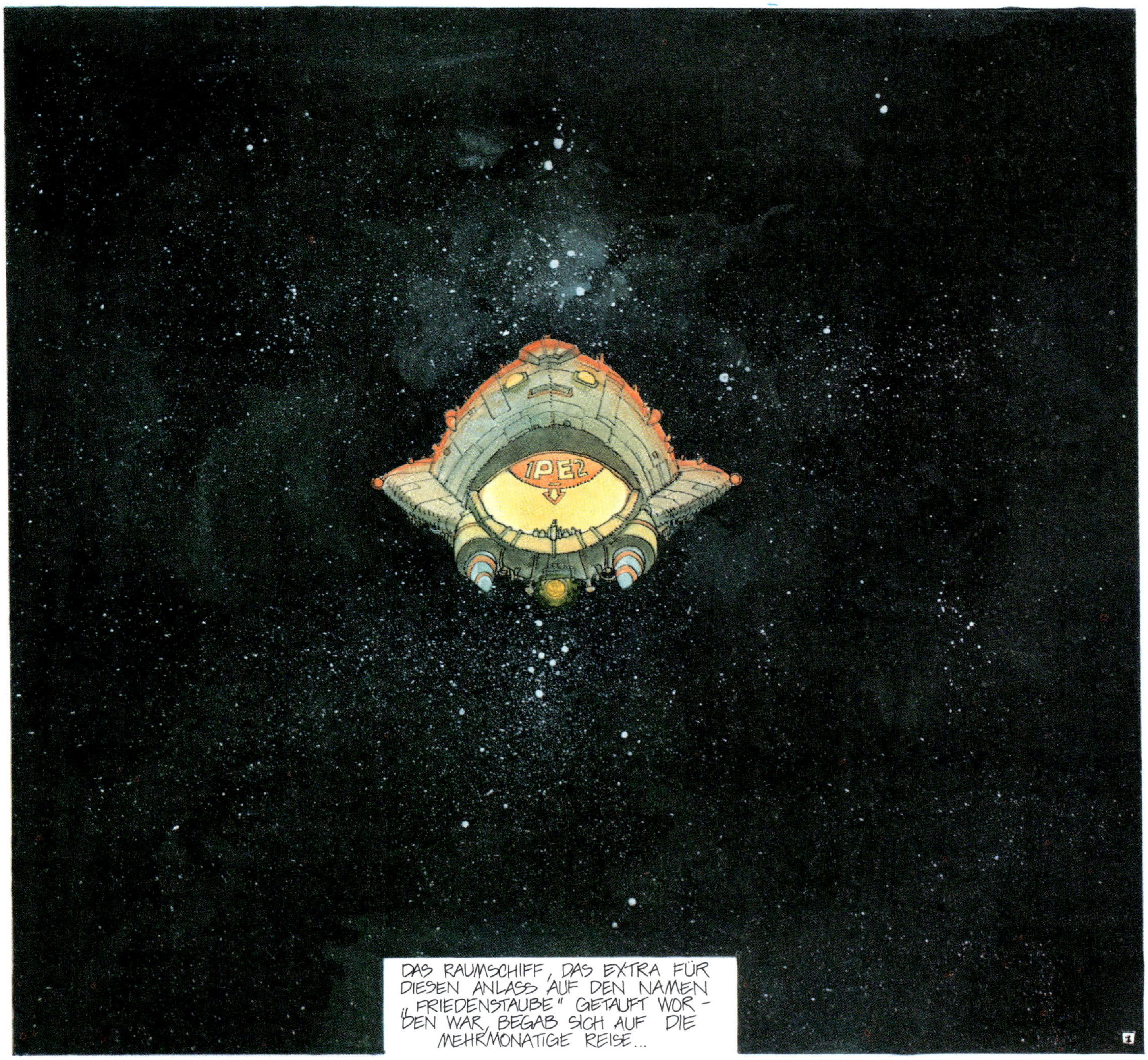

DAS RAUMSCHIFF, DAS EXTRA FÜR DIESEN ANLASS AUF DEN NAMEN „FRIEDENSTAUBE" GETAUFT WORDEN WAR, BEGAB SICH AUF DIE MEHRMONATIGE REISE...

OBZWAR NACHHALTIG VERSTIMMT ÜBER DAS SCHEITERN DER BISHERIGEN VERHANDLUNGEN, WOLLTEN DIE GLOOBS NUNMEHR ERFOLG SEHEN, DOCH IHRE SPRICHWÖRTLICHE GEDULD HATTE GRENZEN. ALS DIE „FRIEDENSTAUBE" AN IHREM LEUCHTENDEN HIMMEL AUFTAUCHTE, WAREN SIE DAHER ERREGTER ALS SONST...

AN DIESER STELLE SOLLTE ERWÄHNT WERDEN, DASS DIE GLOOB-RASSE EINE DER ERSTAUNLICHSTEN DER GESAMTEN GALAXIE IST...
DIESE KLEINEN BLAUEN WESEN WERDEN IM DURCHSCHNITT KAUM GRÖSSER ALS 50 CM, UND IHR KOPF IST VÖLLIG UNABHÄNGIG VOM KÖRPER... DAHER KÖNNEN SIE IHN JE NACH BEDARF UNTER DEN ARM NEHMEN ODER IHN - IM KRIEGSFALL ETWA - AUF EXTRA DAFÜR VORGESEHENEN SICHERHEITSBÄNKEN ABLEGEN.
EBENSO BEMERKENSWERT IST DIE TATSACHE, DASS EIN WOHLGEHÜTETER UND GEPFLEGTER KOPF QUASI UNSTERBLICH IST... MILLIONEN VON KÖPFEN LAGERN IN GEDÄCHTNISBANKEN - EIN GIGANTISCHER LEBENDER COMPUTER...

KOMMANDANT FULL-SARMA 2 DER GALAKTISCHEN ABWEHRTRUPPE VON TERRA FÜHLTE SICH HINTER DEN ARMATUREN SEINES SCHLACHTSCHIFFS SEHR WOHL. EIN KNAPPES VIERTELLICHTJAHR TRENNTE IHN VOM HAUPTQUARTIER AUF ALPHA CENTAURI. DER KRIEG GEGEN DIE GLOOBS NEIGTE SICH DEM ENDE ZU, UND IN DEM IHM ZUSTEHENDEN URLAUB FÜR HOCHLEISTUNGEN IM FRONTEINSATZ WÜRDE ER SICH SEINEN SCHÖNSTEN TRAUM ERFÜLLEN: ENDLICH UND ERSTMALIG DIE ERDE ZU BETRETEN.

RAUM-FÜHRER

VON ALPHA CENTAURI AUS WÜRDE ER DIE SONDERFÄHRE NEHMEN UND VIER LICHTJAHRE SPÄTER DEN FUSS AUF „SEINEN" PLANETEN SETZEN – DENN FULL-SARMA 2 ZÄHLTE ZU DEN PAAR MILLIONEN MENSCHLICHEN WESEN, DIE ZUFÄLLIG IN IRGENDEINER KONSTELLATION GEBOREN WAREN UND DIE DER „MYTHOS ERDE" GEFANGENHIELT...

DIE ERSTEN DATENMENGEN DES BORDCOMPUTERS BESÄNFTIGTEN FULL-SARMAS ZORN EIN WENIG. DIE ATMOSPHÄRE BESTAND AUS ATEMLUFT, WENNGLEICH STICKIGER, DIE AUSSENTEMPERATUR WAR VERGLEICHSWEISE HOCH (66°), ABER SIE WÜRDE NACHTS FALLEN. EINE WEITERE INFORMATION BERUHIGTE IHN VOLLENDS: DER COMPUTER MELDETE SPUREN VON YEZIUM, EINEM MINERAL, DAS SICH LEICHT IN VERWERTBARE ENERGIE UMWANDELN LIESS...

DOCH MEHRERE MILLIONEN KILOMETER WEITER...

...DOCH ICH RATE ZU HÖCHSTER VORSICHT... IHR PLANET BIRGT UNBEKANNTE GEFAHREN. DIE TRUPPEN VON TERRA HABEN AUF SEINE ERKUNDUNG VERZICHTET, NACHDEM DREI EINHEITEN NICHT ZURÜCKGEKEHRT WAREN. AN DER LETZTEN WAR FULL-SARMA 1, IHR VATER, BETEILIGT. DAS WAR VOR ZWANZIG JAHREN. ICH WÜNSCHE IHNEN VON HERZEN GLÜCK, FULL-SARMA 2. HABE IHR VERSCHWINDEN EINGEGEBEN... ENDE!

ALS FULL-SARMA 2 DIESE BOTSCHAFT EMPFING, WAR DIE NACHT SCHON HEREINGEBROCHEN, UND ER MACHTE ER SICH BEREIT ZUM AUSSTIEG.

DER PLANET WAR ZWAR UNWIRTLICH, SCHIEN ABER WEDER FEINDSELIG NOCH TÜCKISCH ZU SEIN WIE MANCHER ANDERE, DEN ER IN SEINER LANGEN LAUFBAHN ALS FERNSPÄHER BETRETEN HATTE. DOCH ZUR-LOEWES WARNUNG BESCHÄFTIGTE IHN SEHR EBENSO WIE DAS SCHICKSAL DER FRÜHEREN EXPEDITIONEN UND DAS SEINES VATERS. ELTERLICHE BINDUNGEN SPIELTEN FÜR DIE RAUMFAHRER KEINE GROSSE ROLLE, ABER DASS ER GENAUSO WIE SEIN VATER ENDEN SOLLTE, MACHTE FULL-SARMA 2 ZIEMLICH ZU SCHAFFEN. DER ZUFALL WAR ZUMINDEST UNGEWÖHNLICH...

VERDAMMTE METEORITEN!

FULL-SARMA 1, DER LETZTE ÜBERLEBENDE DER DRITTEN EXPEDITION UNTERNAHM SEINEN GEWOHNTEN NÄCHTLICHEN SPAZIERGANG. SEIT ZWANZIG JAHREN VERSUCHTE ER HERAUSZUFINDEN, WAS IHM EIGENTLICH AUF DIESEM VERDAMMTEN PLANETEN ZUGESTOSSEN, WO SEIN RAUMSCHIFF GEBLIEBEN UND WARUM NIE HILFE EINGETROFFEN WAR. NIEMAND KAM, NICHT MAL EIN VERIRRTER REISENDER. ES WAR ZUM VERZWEIFELN.
ENDE

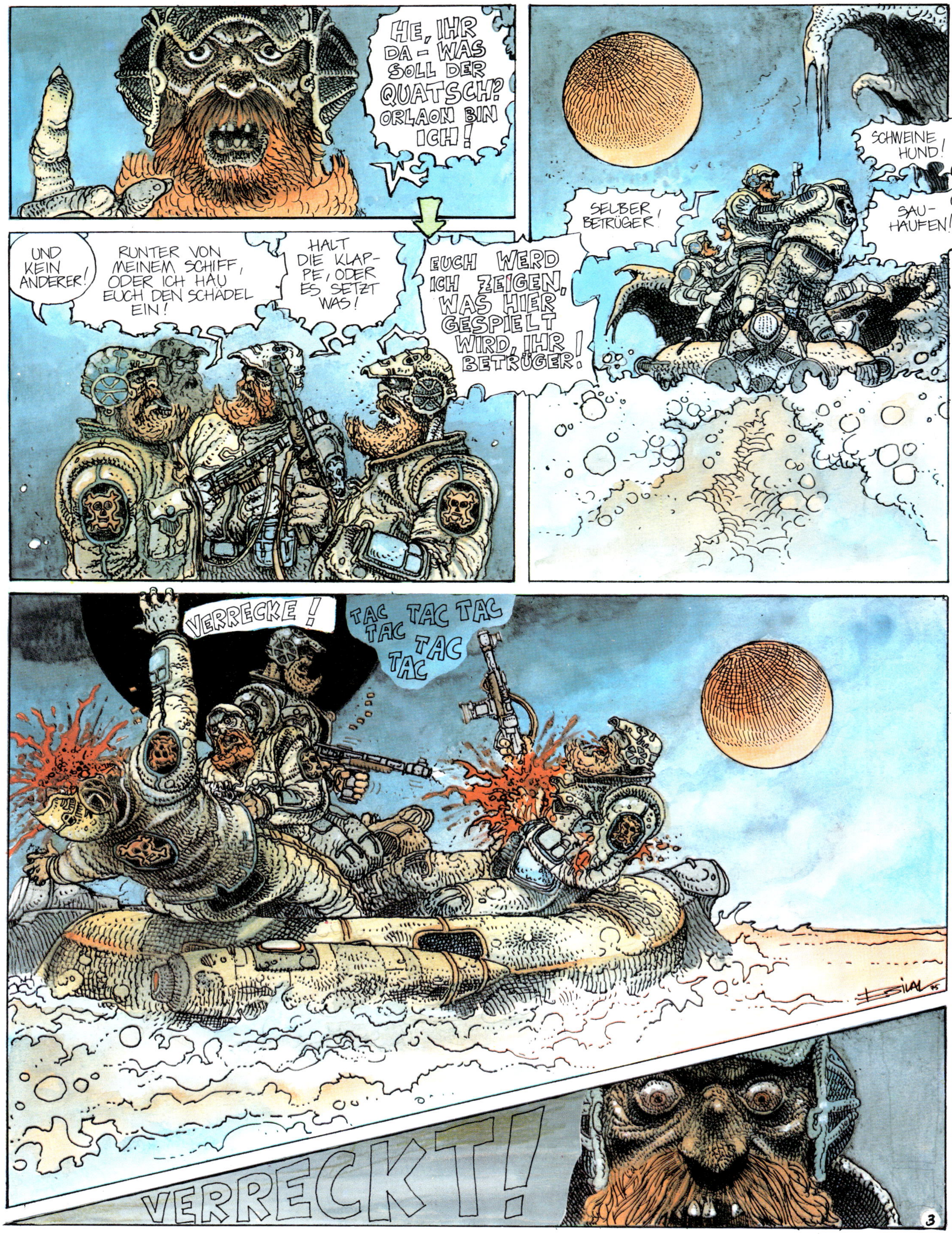

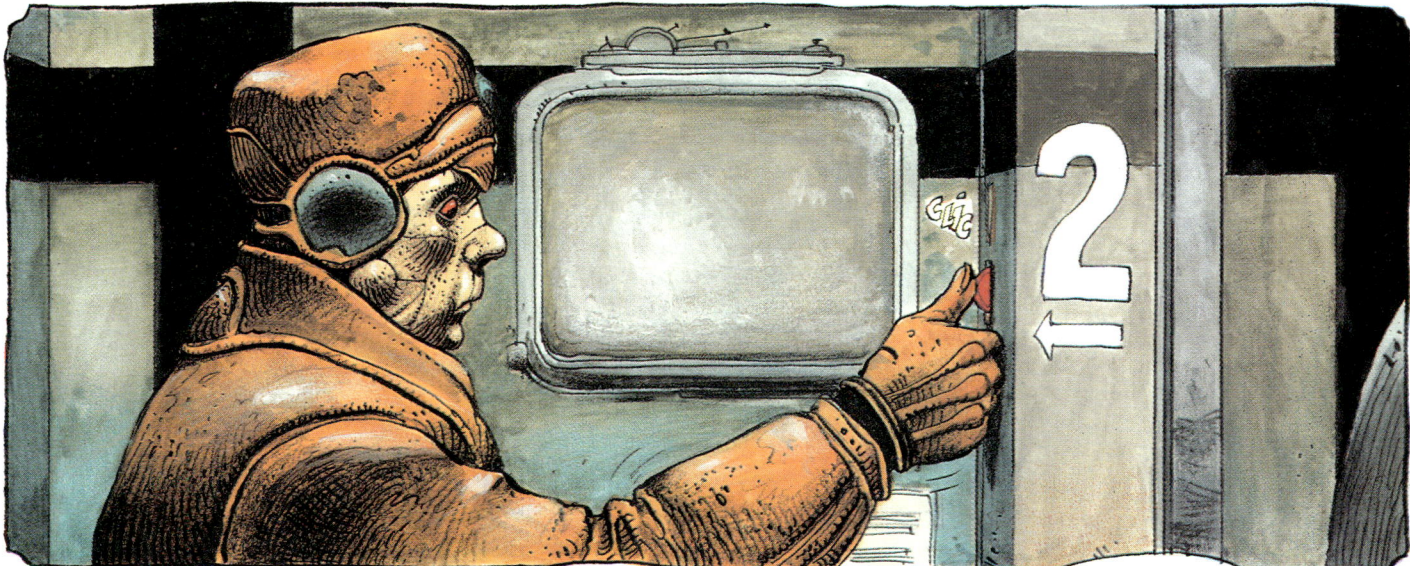

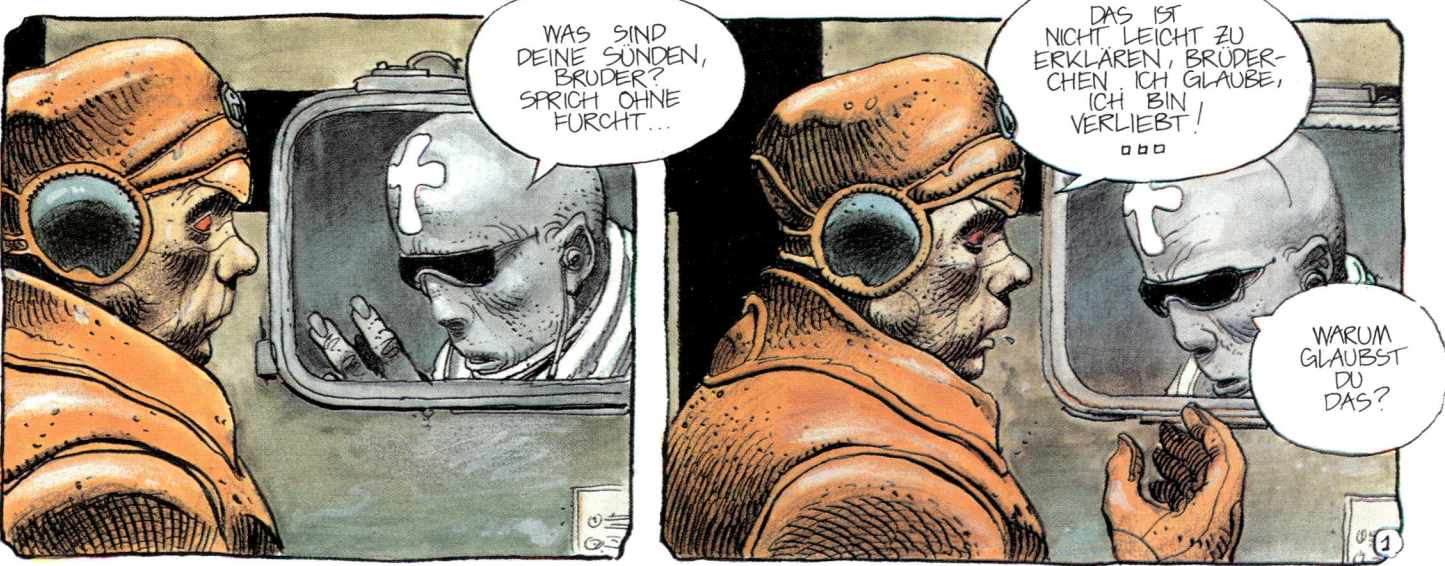

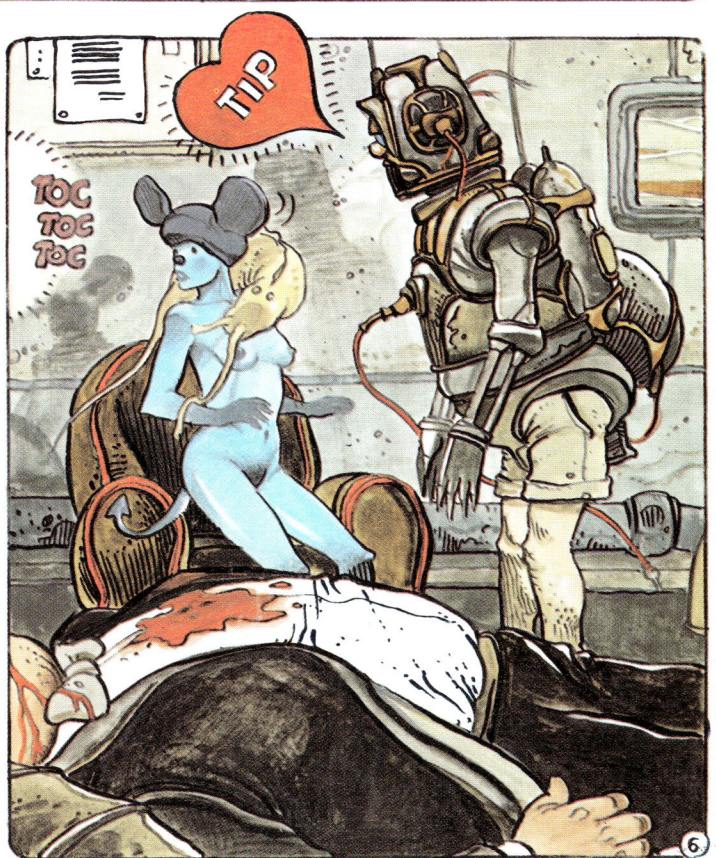

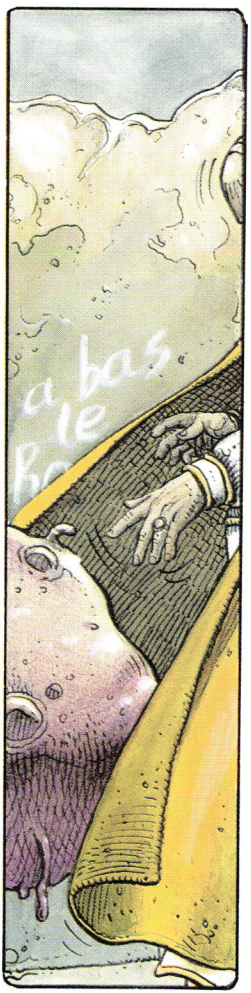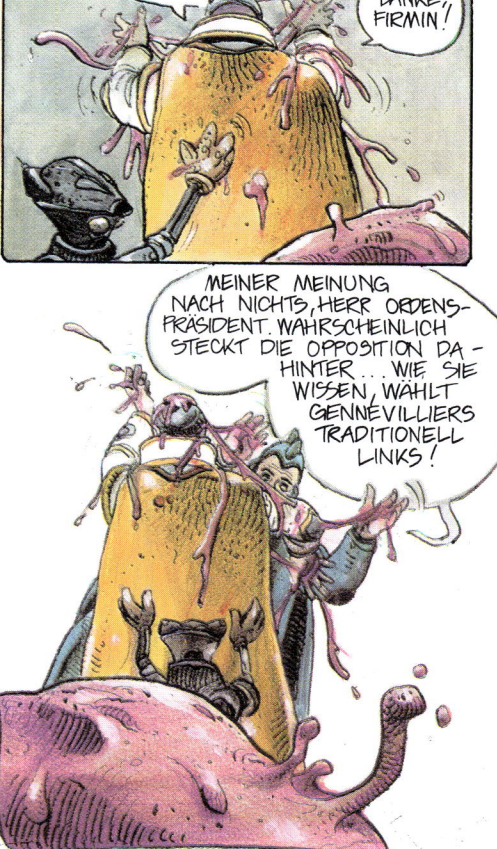

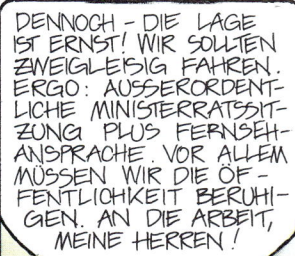

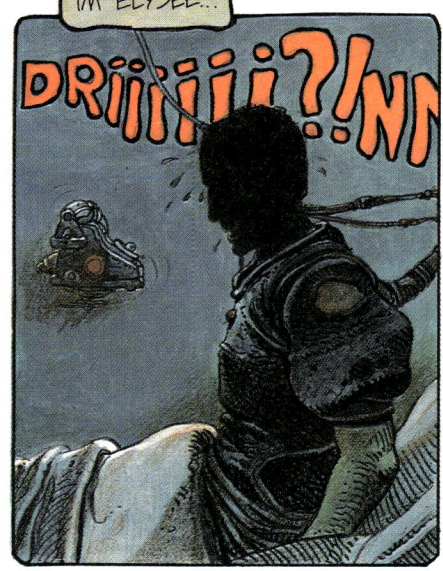